글 · 그림 바바 노보루

바바 노보루 선생님은 1927년 일본 아오모리현에서 태어났습니다.
처음에는 만화가로 출발하셨습니다. 훈훈함 가득한 삽화, 깊은 맛이 살아 있는 유머, 그리고 독특한 이야기 전개로 일본에서는
어린이들에게 인기가 많은 작가입니다. 〈11마리 고양이 시리즈〉로 산케이 아동출판 문화상과 문예춘추 만화상을 수상하셨습니
다. 이 외에도 〈11마리 고양이의 마라톤대회〉라는 그림책으로 이탈리아 볼로냐 국제아동 도서전 엘바상을 받으셨습니다.

옮김 이장선

이장선 선생님은 현재 출판사에 근무하며, 어린이 책의 해외 기획과 번역을 하고 계십니다.
번역한 그림책으로는 〈손뼉은 짝짝〉, 〈고구마 방귀 뿡〉, 〈어른이 된다는 건〉, 〈1학년 1반 시리즈〉 등이 있습니다.

11마리 고양이와 아기 공룡

글·그림 바바 노보루 | 옮김 이장선

11마리 고양이가 산속에 살고 있었습니다.
고양이들의 보금자리는 작은 산장이랍니다.

꿈소담이

"우와, 오늘도 날씨 참 좋다."
"자 그럼 얘들아, 먹을 것을 찾으러 나가 볼까?"
"좋아 좋아, 모두 출발!"

11마리 고양이가 밖으로 나왔습니다.

대장 고양이가 앞장을 섭니다.

"숲 속에 있는 비둘기 둥지를 찾아보자."

첨벙 첨벙 첨벙 첨벙. 철퍼덕!

"우흥흥흥……."

숲 근처 진흙탕에 한번도 본 적이 없는 녀석이 있었습니다.

"뭐야? 저건?"

첨벙 첨벙 첨벙 미끄르르.
첨벙 첨벙 첨벙 철퍼덕!
"공룡이야!"
"뭐? 공… 룡……?"
"음……. 그런데 아직 어린 것 같아."

"어? 공룡이 진흙탕 속에서 나왔어!"

"어이쿠, 온몸이 진흙투성이야."

아기 공룡은 부르르 부르르 몸을 털며 가 버렸습니다.

그 다음 날.

"어? 진흙탕에서 놀던 녀석이다!"
"첨벙 첨벙 거렸던 녀석 말이야."
"저 아래에서 뭘 하고 있는 거지?"
"글쎄. 울고 있는 것 같아."

"우훙······."

"울고 있어. 울고 있네."
"무슨 일인 거지? 첨벙이 녀석······."
"알았다. 절벽에서 떨어진 모양이야."
"그럼 올라오질 못해서 울고 있는 걸까?"

"우흥······."

"좋아, 그럼 우리가 도와 주자."

"그래! 좋았어!"

11마리 고양이는 굵은 밧줄을 찾아왔습니다.

대장 고양이가 밧줄을 절벽 아래로 날렸습니다.

"어이~ 첨벙이! 이 줄에 몸을 묶은 후 단단히 잡아, 알았지?"

"우훙……."

"자, 모두 끌어당겨!"

영차 영차 영차. 으샤 으샤 으샤.

"와! 첨벙이가 올라오고 있어. 올라오고 있어."

"우훙 우훙. 올라왔다."

아기 공룡은 꼬리를 부르르 부르르 털고는

숲 속으로 도망가 버렸습니다.

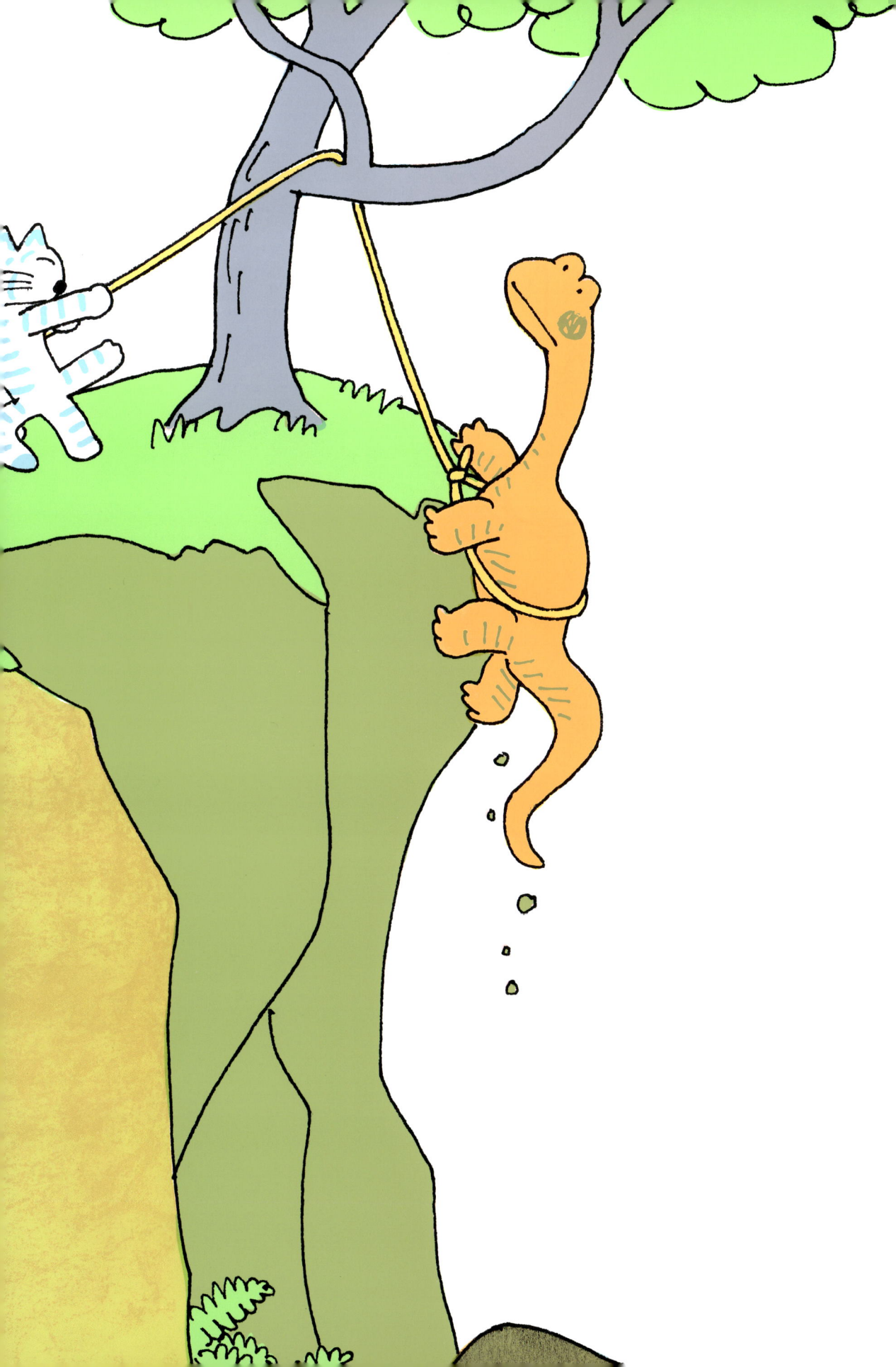

그로부터 얼마가 지난 어느 날.

"우훙, 안녕."

"어? 첨벙이……"

"우와, 첨벙아! 며칠 안 본 사이에 많이 컸네."
"우훙훙, 고양이들아⋯ 모두⋯ 이리와⋯
고양이들아⋯ 모두⋯ 내 등에⋯ 타⋯⋯."
"어? 우리 모두를 태워 준다고?"

11마리 고양이는 첨벙이의 등에 일렬로 올라탔습니다.

"우와, 우리 11마리 모두 를 한꺼번에 태우다니!"

"나는 꼬리에 매달려 있지롱!"

"고양이들아… 모두… 준비됐어? 그럼… 출… 발!"

"우와 우와! 막 흔들린다, 흔들려."
야옹 야옹 야옹 야옹.
"우훙훙… 고양이들아… 다들… 재미있지?"

첨벙!

"으악! 진흙탕이닷!"

첨벙 첨벙 첨벙 첨벙.

"으아앗."

야옹!

야옹!

야옹! 야옹!

첨벙 첨벙 첨벙 첨벙.
야옹! 켁켁켁.
"푸하! 그만해!"

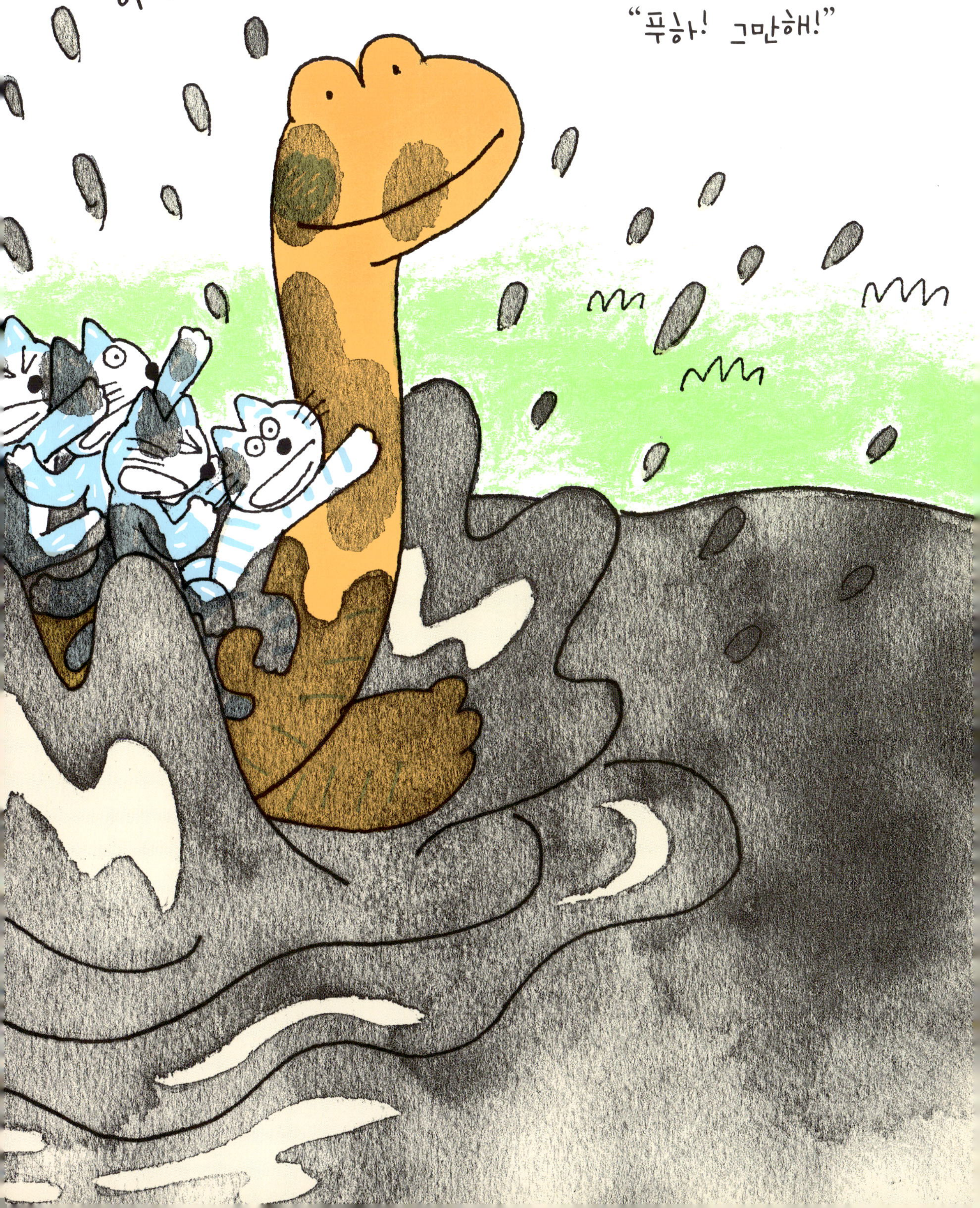

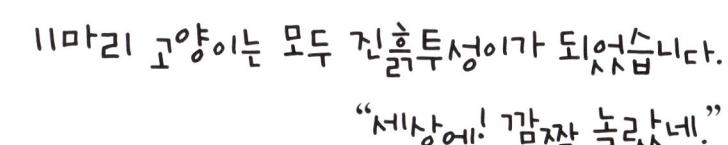

11마리 고양이는 모두 진흙투성이가 되었습니다.
"세상에! 깜짝 놀랐네."
"진흙물까지 마셔 버렸잖아."
"저런 어이없는 녀석!"
"어이쿠. 정신없어."

"우흥……."

자, 오늘은 물고기를 말리는 날.
산장 근처에 있는 작은 냇가에는 물고기가 많습니다.
11마리 고양이는 잡은 물고기를 줄로 엮어
나무에 매달아 햇볕에 말렸습니다.

"와, 한가득이나 만들었다."
"말린 음식은 우리가 두고두고 먹게 될 거야."
"해님아, 쨍쨍 비추어 맛있게 말려 주렴."

"우훙, 안녕."

첨벙이가 찾아왔습니다.

"사과… 너희… 먹을래?"

"와, 선물이야?"

"이야~ 정말 고마워."

"맛있게 먹을게, 첨벙아."

"우훙… 그럼… 물고기… 갖고 간다. 안녕."

"뭐? 뭐하는 거야, 지금?"

"이런 이런, 세상에!"

"사과랑 바꿀 생각이었단 말이야?"

"이런 경우가 어딨어!"

그래도 첨벙이는 아랑곳없이 전부 갖고 가 버렸습니다.

얼마 후 11마리 고양이는 숲 속에서
낮잠을 자고 있는 첨벙이를 발견했습니다.
쿨 쿨 쿨.

"좋았어. 우리 물고기를
모두 가져간 복수를 하자!"
"첨벙이를 혼내 주자."
야옹 야옹.
11마리 고양이는 도둑 고양이처럼
몰래 다가가서 첨벙이의 꼬리를
밧줄로 살짝 묶었습니다.

"준비 완료!"
11마리 고양이는 모두 숨었습니다.

우훙훙 우훙훙~

첨벙이는 너무 놀라서 벌떡 일어나 숲 속으로 도망쳤습니다.
작전은 대성공이었습니다.

그 일이 있은 후, 첨벙이의 모습은 어디에도 보이지 않았습니다.
아니, 도대체 어디로 사라진 것일까요?

"어딘지 모르지만 아주 먼 곳으로 가 버린 거야."

"괜한 짓을 한 걸까."

"첨벙이는 어디로 가 버린 거지? 불쌍해라……."

여름이 끝나가고 가을이 오고 있습니다.

찬바람이 불자, 11마리 고양이는

산장에 콕 틀어박혀 지냈습니다.

그래도 그 사이에 다시 조금씩 조금씩

따뜻한 봄기운이 찾아오고 일 년이 흘렀습니다.

그러던 어느 화창한 날.

갑자기 첨벙이가 나타난 것입니다.

"와, 첨벙이가 돌아왔어!"

"어? 아기 공룡들을 데리고 왔네? 3마리나 낳았구나."

"첨벙아."

"우훙. 고양이틀아… 모두… 잘 지냈니……?"
"이야, 반가워."
11마리 고양이는 첨벙이에게
반갑게 달려갔습니다.

"우와, 몸집이 더 커졌네!"

11마리 고양이는 첨벙이의 등에 올라탔습니다.

"엄청 크다."

"첨벙이는 벌써 어른이 된 거구나?"

"우훙훙훙. 고양이들아… 모두… 탄 거지? 자, 출발……!"

첨벙이가 성큼 성큼 움직이기 시작했습니다.

"우와."

"우와."

"우와."

야옹 야옹 야옹 야옹.

"우훙. 고양이들아…

모두… 재밌있니……?"

첨벙!

"자, 다시 진흙탕 놀이!"

첨벙 첨벙 첨벙 첨벙.

'으악!' '캭!' '크윽!'

11마리 고양이는 모두 진흙투성이가 되었습니다.

첨벙 첨벙 첨벙 첨벙.

'으악!' '캭!' '크윽!'

"우후훙 우후훙.

모두… 재미있지?

즐거운 진흙탕 놀이."

11마리 고양이와 아기 공룡

펴낸날 | 2006년 6월 20일 초판 1쇄 · 2017년 3월 2일 초판 9쇄

글 | 바바 노보루 옮김 | 이장선 펴낸이 | 김숙희 펴낸곳 | (주)꿈소담이
주소 | (우)02834 서울특별시 성북구 성북로8길 29 B1 등록번호 | 제6-473호(2002.9.3)
전화 | 02-747-8970 팩스 | 02-762-8567 홈페이지 | http://www.dreamsodam.co.kr